JN303803

私に死をちょうだい

山本真樹子
Makiko Yamamoto

文芸社

私に死をちょうだい

私は自分で自分を壊している
そのことに気づいた今も
自分で自分を壊している
それは私が私だから
体を売り心を売り全てを失って
何も感じない

私を怒鳴りつけるのは誰？
私に偽りの記憶を植え付けるのは誰？
私に夢を見させたのは誰？
私に金を握らせたのは誰？
私の愛する人を傷つけるのは誰？
でも何も感じない

私の愛は大きすぎてあなたの部屋には入らない
私の愛は求めすぎていつも行き場を失ってしまう
手を握っていて
手を離すのなら私を殺してからにして
もう二度と手を握らなくてもいいように

求められたことは全て実行した
求められた以上のこともしてあげた
それなのにまだあなたは私を責め立てる

私は疲れた
あなたにはもう従えない
長い間気づかなかったが
私は疲れているのだ
何も感じない
何も欲しくない
無になりたい
そしてあなたの前から消え去りたい

あなたは私

夜霧に点滅するヘッドライトのように当てにならない光
深夜の都会の星のように頼りない光
そんなものを目印にしてしまった私は
いつも迷ってしまうのだ

ばらばらの破片になって
散らばった心
かき集めてくれてありがとう
でもまだ最後の１ピースが足りないようだ
愛のかけらが

あなたが探してくれるのはいいけれど
また今度はあなたに
ばらばらに壊されるんだろう

「愛してる」と何度も繰り返すのは
その間だけはつながっていられる気がするから
愛のせいで私が狂ったのなら
それはそれでかまわない

この世界は私の住むべきところではない
そう気づいたのは生まれた瞬間、いや受精の時
その後は後悔の連続
間違えた私が悪いのだ

夕焼けを背に帰る
延びる影に子供の近い将来の姿が見えた
小さな手を握りしめながら
私は動揺を隠せなかった

約束なんてしないで
昔の話なんてどうでもいい
できるのは否定のみ
しかしそれも否定

私の居場所が見つからない
昨日まで私のいた場所が思い出せない
今いるここはどこ？
明日は何処に行けばいい？
明後日は？　その次は？
過去現在未来がつながらない
いや、もともとつながってはいないのか

眼の前には幾重にも常にスクリーンが降ろされている
あるいは、テレビを見ているような感覚
自分の眼で見ていない世界
見ようと努力はするものの、見えては来ない
感覚を失っている

現在がつかめないから
未来を見ることが出来ない
未来がないのだ
これからどうして生きていけばいいのだろう

愛するために生きねばならない
愛されるために死んではならない
この世界がどんなに理不尽でも
愛のために、愛のために……

愛ほど当てにならないものはない
愛ほどありがた迷惑なものはない
愛ほど人を苦しませるものはない
それでも私は愛が欲しい
愚かだと蔑まれても
すばらしいことだと褒め称えられても
そんな声は聞こえない

どんなに最悪の時だって
救いはやってくる
光は射す
救われたくはないのに
お節介にも救ってくれる
照らしてくれる
先のことまで面倒見てくれないくせに
どんな闇が待ってるのかわからないのに
ありがたいのやら迷惑やら
そうか、光には影がついて回るもの

お気に入りの服ばかり
毎日着る子供
だから小さくなる頃には
ぼろぼろにすり切れている
それでも着たがるのが愛着というものか
服も命を持ってそれを望んでいるように見え
捨てるのが怖い
お別れの言葉は忘れずに……

なんてあなたは冷たい態度
長い間苦しんで
言葉の意味を失っていた
言葉以前の思考すら失っていた

あなたの優しさに再びふれた今
私にとっての本当を口にすることが出来たのに
あなたは背中すら見えないほど遠い
また永遠の暗闇に戻る

あなたは暗闇に私を誘い
気の向くままに一瞬だけ光を見せ
そしてまた暗闇へ追いやるのだ

確かめたいことがある
心を確かめようとしたら
ぼろぼろに切り裂いてしまった
世界を確かめようとしたら
みんなに羽交い締めにされた
それでも確かめたいことがある

私の歴史は間違いだらけ

でも世界史はどうなんだ？

でも日本史はどうなんだ？

そんなに居場所が欲しいのか
見つからないから旅人になろう
居場所がないなら
どこもかしこも自分の場所になりうるんだ
地図はいらない
行き当たりばったり
どうせまともに生きていても
人生なんてそんなものだろう？
道を間違えることもない
常に旅人なんだから
全てが自分の居場所

抗鬱薬、向精神薬、精神安定剤、睡眠薬……
数年間飲み続けて
数ケ月入院して
結局「低め安定」に私のジグソーパズルははまっている

誰かと普通に話していたり
どこかに出かけていたり
そんなことを記憶に刻めないことは
とてもとても恐ろしい

でもまあ、いいか
それさえ我慢すれば
「低め安定」も悪くない
どうせ生まれる前から「低め安定」

人は幻聴と言うけれど
はっきりと聞こえている
人は幻視と言うけれど
今ここに見えている
それは私にとっての真実以外の何者でもない
それを「治療」するというのなら
私の存在全てを否定することになるということを
あなたは気づいていないのだろうか
助けなんて必要ない
私は私の真実を生きたいだけだから

聞こえない言葉が聞きたい
見えない姿を見たい
心を感じることになるから
あなたの
そして私の

助けて
助けて
私に死をちょうだい
それがだめなら
強い薬をちょうだい
お願いだから

愛はもういらない

弱い方へ弱い方へと
暗闇が広がっていく
こんな人生はもう嫌だ
死ねた人がうらやましい
理由なんてどうでもいい
死ねた人は幸運だ
ただ方法だけを知りたい

次は私の番
あるいは
私も誘ってくれればよかったのに

どんなに海が広くても
どんなに空が青くても
どんなに星が美しくても
私の罪は許されない
世界に触れることは出来ない

あなたが歩けないのなら
私が歩いてあなたのもとに行ってあげる

あなたがそこに行けないのなら
私が代わりに行ってあげる

あなたが話をしたいのなら
話しかけてあげる

あなたがただ黙ってそばにいて欲しいだけなら
静かにそっと見守ってあげる

あなたが独りになりたいときは
離れてあなたのことを想ってあげる

あなたが愛したいのなら
私が愛されてあげる

あなたに独りぼっちは似合わない
そして、それができるのは
あなたを誰よりも愛している私だけ

生まれ育った場所
物心ついたときから
自分の居場所ではないと感じていた
自分の居場所へ行きたいと焦燥感をつのらせていた

今
どこにいても居場所なんてないと感じている
それは、この世界が私の居場所ではなかったということだ
私の求める桃源郷はどこにも存在しない

幸福は瞬間
愛は刹那
時が心から消し去りつつあっても
体はありありと覚えている
いっそこの体をぼろぼろに引き裂いてしまいたい
そんな自傷行為がますます
体にあのころのことを刻み込むことになろうとも

下校途中、楽しそうに友達と笑う女の子
本当は家では声を殺して泣いている
世間話で談笑する小綺麗な主婦
本当は家では髪がぼさぼさの陰気な女

漠然とした不安
不条理な世界
不安定な立場

完璧を得たくてたまらない
現状は不満だらけ

それは
そこに愛がない証拠
どんなにあなたが愛そうとも
愛は裏切られてしまう
愛し続けてもらうことは出来ない
これはもう致命的

それに気づいたら
後は堕ちていくのみ

いずれ愛想笑いもできなくなるのは必至
生と死の狭間で生きていくことになるだろう

愛はそこまで私たちを支配するのだ

窓というものは
内でもあり外でもある
そんな存在に憧れて
私はコーヒーをこぼしてしまった
自分の命の置き場が見つからない
愛はもう捨てて身軽になったというのに

頭が痛い
頭が痛い
身体が思うように動かない
これが愛のせいだなんて
私以外の誰が知りうるだろうか？

死ぬ前に手首を掻き切った
溢れ出る血は苦しみの色
幾重にもラインを重ねていく
痛みが心地いい
なんとか今日は生きられる気がする

著者プロフィール

山本真樹子（やまもと　まきこ）

1973年生まれ。早稲田大学第一文学部卒業。

私に死をちょうだい

2004年 5 月15日　初版第 1 刷発行

著　者　山本真樹子
発行者　瓜谷 綱延
発行所　株式会社文芸社
〒160-0022 東京都新宿区新宿1－10－1
電話 03-5369-3060（編集）
03-5369-2299（販売）

印刷所　株式会社エーヴィスシステムズ

© Makiko Yamamoto 2004 Printed in Japan
乱丁・落丁本はお取り替えいたします。

ISBN4-8355-7411-7 C0092